胡畔 著

白色的胎记

四川人民出版社

图书在版编目（CIP）数据

白色的胎记 / 胡畔著. — 成都 : 四川人民出版社,
2023.12
ISBN 978-7-220-13502-6

Ⅰ.①白… Ⅱ.①胡… Ⅲ.①诗集 - 中国 - 当代
Ⅳ.①I227

中国国家版本馆CIP数据核字（2023）第223058号

BAISE DE TAIJI

白色的胎记

胡　畔　著

责任编辑	程　川　王　雪
封面设计	刘　亮
责任校对	申婷婷
责任印制	祝　健
出版发行	四川人民出版社（成都三色路 238 号）
网　　址	http://www.scpph.com
E-mail	scrmcbs@sina.com
新浪微博	@ 四川人民出版社
微信公众号	四川人民出版社
发行部业务电话	（028）86361653　86361656
防盗版举报电话	（028）86361653
照　　排	四川最近文化传播有限公司
印　　刷	成都兴怡包装装潢有限公司
成品尺寸	130mm × 185mm
印　　张	7.75
字　　数	120 千
版　　次	2023 年 12 月第 1 版
印　　次	2023 年 12 月第 1 次印刷
书　　号	ISBN 978-7-220-13502-6
定　　价	60.00 元

始于精神原乡的灵魂书写

——序胡畔《白色的胎记》

吉狄马加

　　胡畔诗集《白色的胎记》即将在四川人民出版社出版，近日读后，不能不为这位白族青年诗人的诗作感慨。她在大学教书，教学科研之余创作诗歌，营建着诗意的精神家园。四川是个诗歌大省，古今诗人辈出，尤其是当代有许多诗人，其中包括好些少数民族诗人。胡畔并不是在她祖辈聚居的云南大理长大，她出生在凉山，从小听到父辈讲述白族的历史和民情风俗，多次奔赴祖辈生活的苍山洱海，将她精神还乡的美好记忆留在诗中。青少年时期的凉山生活也给了胡畔深刻的影响，在她的诗里同样留下了美好的记忆。但她的诗没有局限于对自己民族和凉山的书写，更多的诗歌创作感受源于中华文化和大自然的陶冶，来自她对生命与生活的体悟。她的创作视野颇为开阔，历史人物、社会现实、山川河流、树木花草在她的笔下都被赋予了独特的诗意。

　　胡畔的心灵上印刻着祖辈的白色胎记，她走到哪里都没有忘记自己是白族的后代。在历经沧桑的洱海沿岸，她写下了不少抚今追昔的诗，最有代表性的是《我是我的本主》。

这首诗没有停留于对白族在千百年来战胜苦难的不屈不挠精神的赞美上，而是以一个白族青年知识分子在白族历史的追忆和反思中，对束缚民族发展的"本主教"封建观念大胆质疑，"村社庙里各显神通的本主/依然让人顶礼膜拜/改变命运的本主，难道就是他们"，她宣称"心里从没有神祇的我/站立苍山之巅那一刻/顿时明白，我就是我的本主/白族人的子孙/身上留下白色胎记/我，主宰着自己的命运"，以此表达新一代白族青年摒弃旧的传统观念，坚信民族自强就能改变命运的现代意识。她将自己对民族的热爱倾进《三道茶与咖啡》《节日的阿哥》《霸王鞭》《蝴蝶泉》《荷包》《扎染的青白》等一系列民族风情的诗中，让人身临其境地领略到白族人民勤劳勇敢、淳朴善良的美好品质。写给同胞亲人的那些诗里，字里行间洋溢着对他们的感恩和深切怀念。

胡畔在更广阔的历史和现实空间里，走近她崇敬的古人和今人，与他们进行心灵的对话。在感伤的五月，她希望生前没有实现愿望的屈原"为久违的故国/为你眷恋的香草美人/写下怀念的诗句"（《五月，想起屈子》）。在物欲横流，对屈原日渐疏远的现实中，怀念的诗句无疑是对崇高精神的呼唤。在夜雨的中秋，她对深切怀念的李白说，"失落的月亮让你丧魂/杜甫懂你，早就为你预言/不朽的盛名将成为你身后的寂寞/诗仙，骑鲸远去吧/你的明月在大海/那里你才能枕月安睡"（《夜雨中秋怀李白》）。参悟李杜命运，透视先贤身前身后的荣辱得失，平静而睿智的诗语让人心静。对不是诗人却留下"在禾下乘凉"绝佳诗句的袁隆平,胡畔向他发出了由衷的礼赞,"乘凉禾下,神农不曾奢望/浪漫的李白不曾幻想/请问,三千年诗坛谁有这样的豪气/让中国端稳自己的饭碗/让人类呼吸的空气里溢满稻香/你把自己长成稻穗/最懂什么叫诗意的栖居"(《在禾下乘凉——写给袁隆平》)。这样的诗生长于大地,融合着人间烟火和浪漫,让人读起来亲切而欣慰。对谢绝西方发达国家挽留,回国为西藏开发地质资源做出巨大贡献的多吉院士,她深情讴歌,"紫铜色的身躯蓄满阳光/你把自己所有的热能注入羊八井/迸发万千瓦的高温/驱散了雪域高原的严寒/在同胞的心里散发着温暖"(《生命迸发的热能——致多吉院士》)。她所写的古今诗人、杰出人物和普通劳动者,她都能让其鲜活的灵魂跃然纸上,或昭示着高尚的人格,或蕴藏着人间的真情。

也许是因为女诗人的敏感,她在赏花时能听懂花语,四季的不少花卉让她听到了不同凡响的诉说。花期特别短暂,以致世人难见的昙花告诉她,"开花的心情永不凋残/无人知道你在暗夜里修炼明媚/沐浴星光,涤净尘染的灵魂"(《昙花》)。夏荷让她听到的不是拈花微笑的玄虚神话,"心情与佛祖无关/微笑与否/不随别人的手指/花期,从容开落/任南风带走无尘的幽香"(《夏荷》)。莲花的品质不仅在于出淤泥而不染,还能在亭亭玉立中自主命运,乐意奉献出生命的芳馨,"风已吹散了《爱莲说》的意境/你依然伫立清水中/拥有一个静虚的世界"(《莲》)。爱美是人的天性,而保持美确属不易,诗人知道花在生活的严寒酷暑里特别是在爱情的风雨中的脆弱，"四季的温差捉摸不透/花儿们的寿命听任时令的决定"，但月季却告诉她，"与爱情复杂的含义无关/不会随情人节的来去涨落价格/不愿插进花瓶/在死水里消磨残生/相依竹篱或独守庭院/不吝芳华　扮俏岁月的容颜"（《月季花》）。诗集中的花语不少，诗人的心情与花语共鸣，道出高洁的人生姿态。

作为永恒题材的爱情，胡畔自然有所书写。她的爱情诗中有抒发对爱情的向往和离愁别恨，温婉地表达着"思念或被思念都是一种幸福"（《白露，幸福着芦苇》）。但她写自己爱情体验的诗并不多，更多的是对千百年来形成的男尊女卑的爱情观的深刻反思和批判。在《爱情的经典》里，她看到"线装书的爱情太多版本/形象的注释成为男人向往的经典/呼天号地的上邪惊天动地/坚贞的情操竖起女子的标本/传诵千古的望夫石/同样符合男人的心情/即便丈夫成为永不归家的人/也要把自己站成冰冷僵硬的岩石/遗憾的是查不到望妻石的注释"。她尖锐地揭露"天地合，乃敢与君绝"是借女人之口的男权话语，"翻遍发黄的中国诗词/谁能找到一个男人在呼'上邪'"，当然也不会流传"望妻石"之类的美谈。翻阅这样的历史，她的手指有灼伤的疼痛，对曲解或遮蔽女性爱情悲剧的言说与不平等的爱情传统表达了强烈的憎恨。在当代社会盛行的爱情ＡＡ制现象中，她也痛心地看到了爱情在利益关系中的变质与危机，"诗外的爱情流行着ＡＡ制/账号房车甚至锅碗瓢盆/写上了不同的姓氏/月亮还是那轮熟悉的月亮/在天空悬成一块冰冷的石头/分不分手，那些美丽的诗句/都在长夜里同床异梦"（《诗里的爱情与ＡＡ制》）。她希望追求爱情和幸福的人不要在物欲横流的社会中为自己设置精神牢笼，"心，一旦成为形役/自己便成为囚徒"（《心役》）。有如此情怀，难能可贵。诗句中的警言，已不仅关涉爱情婚姻，人的全部生活也当囊括其中。

在人生的季节轮回中，白族青年诗人胡畔从祖辈开辟的精神原乡里走进时代的新天地，在现代文明与传统文化的冲撞中感受历史变迁的人生况味，用诗意的笔触书写自己的真实体验，不仅让我们看到了她对爱与美的诗意追求，也让我们看到了她对生活的美好向往。她书写的内容贴近现实生活，蕴含生命的激情和真诚的博爱，诗语自然灵动，清新隽永，时有耐人寻味的人生哲理佳句。但她毕竟年轻，远方的前面还有远方，正如"远方没有边界"，诗歌的天地更没有边界。诗人的胸怀应该宽广，关怀自我和民族命运的同时，还应该关怀人类共同发展的命运，写最带有本质意义的东西，让不同民族的人感受到共同的脉动，这样才能让诗歌具有更大的时代意义和审美价值。希望胡畔在漫长的人生道路上继续追求深远的诗歌意境，写出更多优秀的诗篇。

2023年5月26日

（作者系当代著名诗人、中国作协诗歌委员会主任、中国少数民族作家学会名誉会长、中国作协原副主席）

目录

辑七·流浪的诗，都唱在归途

辑一 · 白色的胎记

我是我的本主*

*本主：本主崇拜是白族全民信奉的宗教。本主白语叫"武增"，是"本境福主"的简称，意即"我的主人"。

诞生于洱海的祖先

留下一部自豪的《创世纪》*

遗憾的是

平等幸福的日子只是快乐在歌谣里

从原始的山寨走向一个个王朝

所有的臣民依然被外族称为蛮夷

上关的花，曾染红白族人抗秦的血迹

下关的风，撕破汉唐大军的旌旗

洱海的月，照过忽必烈践踏大理国的铁骑

苍山的雪，覆盖了此起彼落的杀声

一部沧桑的历史让我泪流满面

一个新生代的白族人，我

庆幸从母亲湖走进了没有王朝的世纪

爷爷讲过的许多传说早已忘记

不能释怀的是他说本主是白族的神祇

崇拜本主

难道就是我祖先最聪明的智慧

山川树木、虫鱼鸟兽是神

精灵古怪、英雄豪杰是神

甚至外族的神也主宰着祖祖辈辈的命运*

至今，村社庙里各显神通的本主

依然让人顶礼膜拜

改变命运的本主，难道就是他们

不，不是这样

从苍茫的洱海到八百里滇池

从奔腾的怒江到水城

到处都有祖先披荆斩棘的身影

白族人的路在白族人淌血的脚下延伸

心里从没有神祇的我

站立苍山之巅的那一刻

顿时明白，我就是我的本主

白族人的子孙

身上留下白色的胎记

我，主宰着自己的命运

---

*《创世纪》：民间流传的白族长诗，描述了盘古开天辟地
的传说，追述了原始社会没有阶级压迫，热爱劳动、相亲相
爱、平等自由的理想生活。

*白族崇拜兼容并蓄，将自然界的山川鸟兽、不同宗教的神灵
都纳入信仰体系。

青山依旧在

依旧在

——写给杨慎

杖责的内伤还在隐隐作痛

你把怜悯的目光投向我祖先的命运

他们迁徙途中淌血的脚印

在你笔下凝成一页族史

狂风暴雨更换着白族人的称谓

不变的是白色的自尊

在我祖先的领地

你看到战场的枯骨长出稻穗

流泪的山歌溢出了甜味

站在云弄峰顶

你沉醉过的风花雪月

成了后人的雅兴

洱海涛声，至今还在应和

滚滚东逝的长江水

青山依旧陪我

在三月的春风里等你归来

大理，城墙上的无名花

草木不生的地方

你的根扎得很深

就如我现在看到的你

依着城墙凝视蓝天

轻轻一笑，笑得云淡风轻

从石缝里探出头来

任阳光穿透你的心愿

关于花的传说太多

没有一个属于你的故事

其实，你不需要人们的附会

一生的情节非常简单

花开花落，轮回自在的心情

没人知道你的身世

花卉词典查不到你的芳名

置身宠辱之外

足够你绽放出一生的自信

三道茶[*]

与

咖啡

---

[*]喝三道茶是过去白族长辈对晚辈外出学艺谋生以及婚嫁时的一种祝愿，包含生活"头苦、二甜、三回味"的意思，后来成为白族待客交友的一种礼仪。

火塘上茶壶咕噜地响着乡音

临行前，奶奶捧着三道茶说

到天远的地方去，不要忘记山寨

我走了，走进没有鹧鸪的城市

车水马龙在身边流过

独自在小巷昏暗的灯光下

将自己单薄的身影拉长

墙头花花绿绿的广告满脸堆笑

我不知道路灯能否看见没井盖的陷阱

写字楼亮着加班的灯

照着一副副熬夜的面容

明天大概也不会有太阳

连日的雾霾一天比一天严重

随时戴着厚厚的口罩

谁也看不清谁

下班后回到蜗居的地方，照着镜子

竟然不认识自己

咖啡提神，这习惯的饮料

让我没有睡意

并非咖啡因的刺激

辗转反侧在故乡山寨的路上

满口都是三道茶的滋味

煮茶的雷鸣声隐隐传来

忘却的岁月

清晰如洱海上的明月

欢乐的鱼群，绕着三灵*

*绕三灵，源于唐时西南地区的南诏国，大理白族的传统节日，是白族人民迎神游春的盛大歌舞集会。每年农历四月二十三日至二十四日，洱海周围上百个村寨的男女老少从大理城出发，绕行沿途的"神都"圣源寺、"仙都"洱河祠、"佛都"崇圣寺，俗称"绕三灵"。

从古老的都城门洞涌出

男女老少汇成欢乐的鱼群

寻着祖先的踪迹

从洱海沿岸游进神灵的疆域

佛祖微笑，神仙微笑

圣贤英雄都在微笑

和谐的微笑洋溢着太平

神龛众多

不知该祭祀哪位能显灵的本主

鱼群瞪着激动的双眼

茫然之后——跪拜

每个神龛都装下自己的快乐

把今生来世的愿望燃成袅袅香烟

龙头三弦一拨

心花怒放出丰年的兆头

兴奋的鱼群簇拥二龙戏珠

跟随仙女摘桃

一路上，昂扬的唢呐兴头不减

鱼群心满意足地游回寨子

节日的阿哥

三月的洱海一声召唤

你戴着草编的花帽翻过山梁

晨曦的岸边

摘下浸透月光的柳枝

额头贴着初升的太阳

三月街上

仗鼓击快你的心跳

挤进人山环绕的戏场

分鬃的野马立地而起

不用嘶鸣，彪悍的亮相成为雕塑

阿妹的喝彩声中

你温柔成兔，不是望月

而是望着一朵含苞的茶花

露着白牙憨憨微笑

勾脚舞中

你眼里腾出火焰映红阿妹

不再独自翻山

回寨子的小路上

你的怀里多了一个荷包

霸王鞭

霸气十足的名称

掩饰不住婀娜柔媚的舞姿

春心荡漾的三月街上

寨里的女孩们集体亮相

手握着细细的彩棍

深闺的梦舞成行云流水

长着眼睛的霸王鞭

不知会打到谁的身上

欠揍的男人们欢呼雀跃

盼着山茶花开在自己的心窝里

勾脚舞勾短了村寨的距离

唢呐震耳的欢笑中

一朵朵山茶花悄悄地开了

蝴蝶泉

蝴蝶不来这里了

那个浪漫的故事沉入碧潭

猎奇的男女来来去去

没人能看见雯姑和霞郎的身影

他们失望地说

人间本来就没有爱情

传说只是增加了旅游的成本

云弄峰知道

成群的蝴蝶多年前栖息这里

每到合欢树开花的五月

扇动招魂的翅膀

轻轻呼唤沉睡的灵魂

醒来的雯姑和霞郎随着蝴蝶远去

这里只留下了一潭死水

郭沫若相信那个传说

把自己浪漫的心情

写成了蝴蝶泉三个大字

荷包

想为你绣一个荷包

缕缕丝线纠结着思念

你不期待荷包能够驱邪治病

用不着为你装上艾草

装上一粒麦种

荷包贴着你胸膛的时候

落进你待耕的心田

思念成为雨露

悄悄地发芽抽穗

阳光灿烂的五月，起伏

一望无际的金色稻浪

我已筑好粮仓

准备装下你的全部收获

扎染的青白

月亮挂在窗前

上关的花在奶奶的土布上含苞

麻线系牢一朵朵生活的希望

春风染过

绽开和奶奶一样的微笑

用洱海的水漂洗

留下了青白

奶奶说，这是千年不变的颜色

外婆的蔷薇

清明，回到故乡的老宅

门前篱笆上的蔷薇向我点头

停住脚步，失声喊着外婆

我回来了

回到你种的蔷薇跟前

外婆，你去了哪里

我对着长满荒草的老宅失声呼喊

外婆、外婆

海的形容词上，一叶风帆的

不知道你的背影是否就是远方

渐行渐远的昨天没有回头

洱海的海岸线不长

沿途开着年复一年的浪花

沙滩上深深浅浅的脚印铺设起岁月的浮桥

轮回的一切，都在潮汐中起落

痛苦与快乐属于同一个源头

流经现实与梦境

命定的归途，必然称之为海

辽阔无涯而咸涩

如同海中生长的所有故事

我在关于海的形容词上

行驶着一叶风帆

漂向大海的红叶

鸿雁急不可待地远去

白云守着蓝天

虚拟出秋高气爽的气象

只有无边落木

各自空怀逝去的春夏

枯燥的天幕留下炫目的空白

用不着望穿秋水

飘落的红叶明白流浪的方向

在环绕洱海的重山之外

自有通向大海的江河

海鸥未必能读懂红叶的来意

浩瀚无涯的海知道

红叶不是精卫

需要的只是

没有季节的自主沉浮

不老的传说

你是一个远古的传说

风吹散了你的时代

只有日月记得你的名字

你把巢筑在高高的树上

把部落的生存带上云端

云不能做被

雨不能充饥

回到危机四伏的大地

与毒蛇猛兽较量着生死

山呼海啸以后

你的部落连同森林一起消失

为万物重生

你的灵魂化作夸父，追日

以生命的代价长成千里桃林

被感动的太阳让沧海变成桑田

新生的子民养蚕种地

很多世纪过去

你苍老的记忆里

留着无数次争夺疆土的战争

和无数次改朝换代的名称

你对淌血的历史不感兴趣

回到你曾经创造的远古神话

自由地行走大地

不知幸与不幸

我从航天的时代穿越到你的跟前

想和你在没有人烟的森林里

找一棵参天大树成为有巢氏

孔雀精灵

——致杨丽萍

从洱源的寨子飞走以后

孔雀的世界便属于你

阳光为你的羽毛染上绚丽七彩

月华浴出你如玉的身躯

你，美的化身

在一次次展翅的刹那

把圣洁的甘露洒向每一双渴求的眼睛

所有眼睛明澄出一片无边湖水

投下凌空起舞的倒影

迷恋的鱼儿成鸟，簇拥你飞向天际

披着霞光四射的霓裳

越过崇山峻岭

翱翔浩瀚的海洋

把自由幸福的心愿舞成满天祥云

不同肤色的人们抬头仰望

孔雀精灵，东方的女神

这天，想听你唠叨

——写给母亲

这个节日，也许你已忘记

关于妇女的解放平等

已换成商家购物的创意

你如往常一样

煮饭、洗衣、扫地

眼前老是晃动我的影子

有事无事拨动手机

唠叨声中只讨了个没趣

习惯改变不了你

逛商店的时候

你总是打量着青春靓丽的服饰

心里默念着我的身高尺寸

失眠时，安眠药毫无用处

你的耳边幻响着熟悉的铃声

你说，睡得最香甜的时候

是在梦里我陪你看电视

耀眼的白发蹿出你满头青丝

扎进我的心里，隐隐作痛

节日这天，我想听你没完的唠叨

满足你一直不变的习惯

然后，把这首诗作为礼物

献给生我前那位潇洒的美女

一小片晴空

——写给侄女芊芊

和你嬉戏在小草疯长的三月

你说我是你的春天

其实，我只是你童年的一小片晴空

你的翅膀可以自由地飞翔

别担心，这里没有风雨雷电

只有白云轻轻地飘动

累了，你可以躺在上面睡个懒觉

在你的梦里

开出美丽的彩霞

家乡的雪，覆盖着童年

（组诗）

又见大白兔

一场大雪，覆盖了故乡的土地

森林里不见儿时的小径

厚厚的雪被上跑着一只大白兔

看它熟悉的模样

知道它是从那张剥落的糖纸上蹿出来的

那次我的语文考了九十九分

妈妈奖励了一颗大白兔奶糖

她说下次能多考一分

就能得到一百颗奖赏

从此

大白兔就躲得远远的了

相思树

那棵红豆树不生于南国

不知道哪一代人种下

风里雨里都站在家门旁边

弯曲的根紧紧抓住黄土

婆婆的身影站成一把巨伞

外婆不知道古人把红豆写进了诗里

更不会把它送给外公

每年秋天，她拾起一些红豆

为我做成一串项链

念念叨叨地说

带上它，会给你带来好运

成为书签的枫叶

跟着杜牧山行了一趟

我便喜欢上了红于二月花的枫叶

秋游的那片枫林让我痴迷

没有耐心坐看

爬上树摘了一片鲜红的叶子

回家做成书签

放进一本偷偷看过的爱情诗集

有一天我突然发现

枫叶改变了白云衬托的意境

拿起它反复打量

细密美妙的叶纹虚构了一个王子的形象

上课时老师走到跟前敲着课桌怒吼

你怎么老是走神

上坟，听到外婆的叹息

外婆收下那些纸钱和供品
只是轻轻地叹息
在这里和她团年，一年只有一次
童年的那些日子
外婆一会儿看不见我
就会屋里屋外高喊我的名字
灯下缝着小棉袄时说
你又长高了，袖口和衣脚
都得再加长一截
那张裹了又裹的手帕
藏着她节省油盐的纸币
盼着给外婆拜年
手里就有了一年的快乐
刚才给外婆烧了不少纸钱
不知她能不能快乐一年

除　夕

春晚，客厅热闹得嘻嘻哈哈
我在寝室里信笔涂鸦

涂着涂着，一群黑鸦就飞了起来

跟着它们穿过除夕的钟声

走到院墙外的老槐树下

仰头望着树丫发呆

望着望着，就看见爷爷正在树丫上挂鞭炮

噼噼啪啪的响声晃动着星星

我问爷爷，天上有人放鞭炮吗

他说再过一些年他就会在天上为我放

爷爷的话没有兑现

天空一片寂静

黑乎乎的云雾中看不见爷爷

辑二 · 凉山记忆

凉山飞出的那只雄鹰

——读吉狄马加《一个彝人的梦想》

你抖了抖翅膀上的残雪

长啸一声，飞出山外

迎着太阳寻找希望的火种

在你身后，沙洛河唱着童年的谣曲

瘦弱的荞麦覆盖了达基沙洛*

穿越疼痛的故土

掠过白云向西翱翔

你说，纵然有一天

到了富丽堂皇的石姆木哈*

也要哭喊着回到母亲的怀中

翅膀开阔了蓝天

采撷阳光作为火种

只为点燃彝人的期待

---

*达基沙洛：凉山彝族聚居区布拖县一地名。

*石姆木哈：凉山彝族传说中亡灵的归属地，其位置在天空和
大地之间。

一群孩子的火把节

晚上，一群孩子围坐村口

握着火把点燃一堆篝火

没有谁主持

叽叽喳喳说自己的心愿

"想去深圳看看爸爸妈妈在干什么"

"盼爸爸妈妈从深圳回来"

一个女孩捧出一把糖

说是妈妈前两天寄回来的

火把节甜了起来

阿嬷阿呢ggu，阿嬷阿呢ggu*

歌声被风传得很远

不知能不能带到深圳

篝火映着孩子们的笑脸

红彤彤地照亮了夜空

他们身后的屋子里

几个老人捧起碗

不吭声地喝着苞谷酒

---

* 阿嬷阿呢ggu：彝语"妈妈我爱你"的音译。

阿吉的心愿

三月的春风拂过

那坡山地土豆开出了白花

夜里，阿吉在灯下的题海里游着

土豆在地里膨胀着他的期待

挖土豆那天

他和父亲看着堆成小山的土豆

过节那样笑了笑，父亲说

上大学的钱差不多了

阿吉没有笑

看着父亲常年披着的破毡

心里涌出酸涩

望了望四面的大山

他知道，只有翻过一道道山梁

才能实现自己的心愿

苦荞

种子落地以后

连枷就在土墙上盼着

纤细的苗相互搀扶

任风雨掠过

一天天绿了山坡

粉白的花期短暂

储蓄的汗水开始灌浆

烈日下饥饿的连枷

不断走到你的跟前探望

终于，让你脱粒

迅速成为荞粑

面黄肌瘦的连枷

不再喊饿

凤殇的传说

兴风作浪的水怪淹没了村寨

四下逃散的灾民走投无路

悲号声中你振翅而来

四十九天厮杀

血染的羽毛飘洒蓝天

利喙滴尽鲜血

仰天发出最后一声长啸

一身重伤沉入寒潭

浮出高昂的头

矗立水面

月白风清的午夜

你锵锵而鸣

把护佑百姓的心愿

鸣叫了千年

彝海的记忆

来到岸边，彝海风平浪静

戏水的孩子们拍打出肆意的欢笑

不知他们是否听过结盟的故事

彝海一定不会忘记

歃血的誓言藏进了松林

松涛响起的时候

千山万壑低回远去的足音

二万五千里长征途中

凉山的坐标上

患难与共的兄弟

站成一座不朽的雕塑

倮伍伍加嫫*珍藏的那面军旗

至今飘扬在彝族子孙心里

---

*倮伍伍加嫫：彝族首领小叶丹之妻，曾为红军珍藏军旗。

魁星楼燕

星的子

烈焰扑来，魁星不知逃向哪里

燕子们借居它的阁楼

为攀西筑起一道春天的风景

爱飞的我成为它们的伙伴

晨曦，清脆的啼鸣叫我起床

陪我飞向郊野，一起剪出桃李

红白的花朵开出朝霞

翠柳飘拂散发

追着我沿安宁河河岸撒开脚丫

飞到古老的丝绸之路

剪出漂亮的长裙

开心到梦里还飞个不停

就这样，真的飞出了家门

飞到车水马龙的都市

没了燕子做伴

只是梦里燕子的啼鸣

还让我时时飞回儿时的郊野

远行前，别

道

螺髻

童年时母亲说

插满你头上的簪花

都是鲜活的杜鹃

每天清晨你都在冰镜前看看

蓝天下的容颜从未改变

所有的海子融进你的慈爱

滋润山下的田野

繁衍出一个个村庄

从我记事以后

你就一直美丽着天空

明天就要去一个很远的城市

望着云雾中的螺髻

心里许下一个愿

有一天我回到故里

一定攀登到你的近前讨教

你满头的簪花

为什么鲜活了万年

我在邛海等你

说好的，在这里消夏

海子汇集着螺髻山的雪水

陪你，成一条鱼

穿行芦苇荇荣环绕的水渚

游向水天相接之处

从泸山密林传来的古刹钟声中

听前世今生的命运

万里传来的短信说

此刻的命运，航班取消

你在瑞士的卢恩湖岸

望着阿尔卑斯山呆若木鸡

一弯月牙升起来了

上面坐着的兹莫领扎*

成为不动的雕塑

---

*兹莫领扎：月亮女儿。

苞谷酒

从考察非遗的田野中走进村舍

篝火腾起好客的热情

坨坨肉咕噜咕噜地在锅里沸腾

伴奏着祝酒歌的豪情

没有酒量的我

不知该不该喝这碗苞谷酒

跟前的阿几说

这碗酒是走遍彝山的通行证

沉醉了，耳边的欢声笑语

响在了狂欢的梦里

那晚以后，阿几成了导游

领着我去一个个村寨

走进了他们祖祖辈辈的历史

辑三 · 远近的背影

元旦，遇赏的陆游

没见梅

翻开元旦这天的日历

离宋代的蜡梅又远了一年

只是沁肺的清香如故

一闻就知道是驿外断桥的那株

独自往前走去

风雪掠过的泥路，不见放翁的足迹

不知道他去了何处

寂寞的人，该是我了

前面的一大片梅林还去不去

那里有许多赏梅的人

正掏出刀子，兴高采烈地截下

一枝枝欲绽的花蕾

五月，
想起屈子

长眠水里的岁月

你是否还在怀念那些香草与美人

岸上的芷兰岁岁睁着眼睛

盼着你归来的身影

心仪你的美人

还在郢都郊外守护你曾流连的橘林

你凛然走向汨罗的时候

她们悲伤地望着你峨冠的背影

无法企及你的脚步

也无法为你殉情

你把沉痛的遗憾留给她们

独自去了清净的世界

感伤的五月

不知水下的荇草能否摇荡你的心襟

回首往昔，为久违的故国

为你眷恋的香草美人

写下怀念的诗句

夜雨中秋怀李白

淅沥的中秋

你水淋淋地爬上江岸

举手问天，我的月亮哪里去了

陌生的城市灯火辉煌

照不亮你举杯邀月的记忆

对影成三人的时光已成流水

淹没了金樽舞影

此时的你孑然一身

无心去问孤栖的嫦娥与谁为邻

月亮，月亮

失落的月亮让你丧魂

杜甫懂你，早就为你预言

不朽的盛名将成为你身后的寂寞

诗仙，骑鲸远去吧

你的明月在大海

那里你才能枕月安睡

逝去的风华

——怀薛涛

吟诗楼上没有你的身影

你的岁月都流进了《洪度集》

页页彩笺云蒸霞蔚

细细看来，有你未干的泪痕

歌舞升平的日子不长

你便被发配西川边境

所幸的是回到成都你有了自由

浣花溪畔浣出优雅的彩笺

为大唐的诗歌添上一抹亮色

高兴了白居易高兴了刘禹锡

自称爱你的诗人越来越多

时间不够用了

你写下一首首唱和的诗

元稹的那个美丽承诺

让你激动过许多夜晚

池上的双鸟朝飞暮还

不知羡慕死了多少相公官人

没料到这快乐的姐弟恋

成为你旧伤上新添的伤痕

在感叹风华逐日凋残时

你已不再相信爱情

听够了对扫眉才子的奉承

你的心沉入一潭死水

挂着女校书的虚衔

领不到一分皇粮

靠你的诗才和彩笺维持暮年

碧鸡坊没有留住你

移居锦官城东郊的一座孤坟

千年之后

在竹林茂盛的江畔

风华早已逝去

那花岗石上的"苍苍劲节奇"

成为你的墓志铭

薛涛,
虚拟的邻居

你在碧鸡坊的旧居被人搬来搬去

于是我们就成了邻居

那些晚你千余年的楼台水榭

都以你的名义取上诗意的称谓

甚至那堆属于野兔的黄土

也立着你的墓碑

每当散步到这些地方

我都想知道你在哪里低吟

不料你站成一座大理石雕塑

身上淋了不少白鹭的鸟粪

能否与你生死相逢

听你讲雨后玩竹的心情

但毕竟你早已走进各种传说

上元那天晚上，这里的竹林挂满彩灯

人们围观了你和元稹的爱情剧

一阵阵喝彩的看客以为你很幸运

没人知道你从此宅成一盏孤灯

泪水浣出的彩笺上写满期待

直到碧鸡坊最后一声哀叹

发黄的期待在你垂下的手里

被秋风嘶成追悼的蝉鸣

至今，那些裂肺的痛

还在被人们拼接成浪漫的故事

山鬼

自从走进《九歌》以后

好事的文人对你身份的注释太多

山神抑或精怪

就连你的性别也或男或女

不屑无聊的杜撰

你自由浪迹古老的森林

比孤独的屈子幸运

赤豹纹狸随你出没风雨

幸好，你不懂治国

没有君臣们无尽的烦恼

屈子的心中，你是女神

唯有爱的伤痛

成为魔咒

浓荫遮天蔽日

藏着你绝世的美丽

多少年来，人们借你的名义祭祀

无论是否为他人显灵

你都在空寂的深山守望

"巫山神女"的传说是对你的误解

你就是你

让所有丹青失色的山鬼

杜宇花，抑或是鸟

传说被春风一染

杜鹃花就遍地开放

云游的翅膀拂过原野

花海淹没了不如归去的悲鸣

隐居的岁月随西山远去

夙愿都化作羽毛

唱着春歌扶摇

所到之处，都是乐土

别再飞进那些哭哭啼啼的诗词

啼血成花，是一种幸运

有杜鹃花的地方

就盛开着你的快乐

有翅膀的天空

就自由着你的天性

仰望乐山大佛

千年守望

涛声昼夜滚过你的耳际

普度众生的心愿

化作远去的帆影

佛光穿透历史的沧桑

三江的百舸争流

城郭的高楼如林

抬头望去

江鸥飞不出红尘

我随缘而至

虔诚地站立你的脚背

渺小与崇高的对望中

你的俯视羽化我的灵魂

飞升至你宽阔的胸膛

听菩提的心如何跳动

竟悄无声息

参悟你的慧眼

终于明白大爱无声

扶桑树，蜀人的期待

你的来历过于神秘

也许群山中的蜀地太多雨雾

罕见了，太阳

所以有了蜀犬吠日

把对阳光的期待铸进扶桑

高耸蜀王的祭坛

祈祷十只金乌轮流值日

阳光下，蚕桑生机勃勃

稻浪泛出金黄

后羿的箭射不到这里

扶桑树上的金乌

在沧海桑田里栖居千年

至今，仍把蜀人的希望

照成永远不落的太阳

在禾下乘凉

——写给袁隆平

你不是诗人

却留下了一句震撼人类的诗句

"在禾下乘凉"

乘凉禾下，神农不曾奢望

浪漫的李白不曾幻想

请问，三千年诗坛谁有这样的豪气

让中国端稳自己的饭碗

让人类呼吸的空气里溢满稻香

你把自己长成稻穗

最懂什么叫诗意的栖居

乘凉禾下的那天

你一定不要忘记邀请我

陪着你看无尽稻浪灿烂太阳的光芒

然后，在禾荫下

听你讲一粒神奇的稻种

怎样改变了人类命运的传奇

金色的梦想——写给非洲留学生Vannisa

课堂上你告诉我

来到中国学习

是袁隆平的神话吸引了你

他把一粒水稻种在你的心里

你想在饥饿的非洲家乡

看到金色的稻浪翻滚

笔记本上　你一笔一画

写着播种　浇灌　丰收

一个个汉字植入你的梦中

发芽分蘖　抽穗扬花

洒满阳光的田野上

你捧起了饱满的稻粒

生命迸发的热能

——致多吉院士

你认定根在家乡

谢绝山姆大叔的挽留

回来了，世界屋脊的帐篷里

藏着你童年金色的梦想

找出地下宝藏

给所有人带来幸福吉祥

一次次穿越无人区

与等待果腹的秃鹫较量

悬崖深谷的乱石中

淌血的脚印延向远方

二十多年过去

紫铜色的身躯蓄满阳光

你把自己所有的热能注入羊八井

迸发出万千瓦的高温

驱散了雪域高原的严寒

在同胞的心里散发着温暖

多吉，你的名字

代替了祖祖辈辈的火塘

陶工

暴绽的青筋涌动女娲的血液

用造人的泥土去捏能装生活的陶罐

遥远的神话照亮昏暗的工棚

你相信陶罐与子子孙孙的繁衍有关

轮盘旋转一个个滴汗的日子

磨破皮的十指诞生泥坯

窑中孕育，留下烟火的记忆

土头土脑地待在家里的角落

风调雨顺的年头，盛水盛粮

旱涝的日子空着肚子

陶罐的胖瘦是你的宿命

有一天，当你成为黄土

不知又会被哪一位窑工重塑

珠穆朗玛的雪莲

的

雪莲

——追忆登山英雄邬宗岳

阳光下　浴雪的莲花

诉说着珠穆朗玛峰的传奇

无声的花蕊浮动暗香

你的名字

从来没有被时间隐匿

苍茫冷酷的雪岭

没有猛兽和飞禽的踪影

寻找人类遗失的意志和毅力

你用身躯丈量生命的极限

山神来不及拽住你的衣角

你随风坠落悬崖

遗愿　凝成千年封冻的水晶

昼夜与日月辉映

这里　从此静美

我听风说

恋上一座雪山

灵魂就永远栖居这里

安息吧　我们的英雄

觇标早已竖立在世界之巅

队友拾起的胶卷
映着你和珠峰的记忆

今天　我们缅怀你
怎能不泪流满面
舞动你的胜利之旗
天地间回响你的名字

草木依旧疯长四季
在风化岩和冰雪混融的地方
你无悔地长眠这里
我看见
一朵鲜红的雪莲破冰而出
浴雪绽放万里蓝天

远方，桑花格等着你

——纪念海子逝世33周年

这个春天，你没有面向大海

在众神死亡的那片草原

无尽的野花迟迟未开

不知你是否习惯了劈柴喂马

记得和每一个亲人通信

多年没有你的音信了

你越过的每一条河每一座山

也许都有了温暖的名字

而海子，你的名字

却在我的眼前飘起一场寒冷的春雪

众神生前暴戾无常

死亡后会不会变得善良

祈祷他们与你在一起相安无扰

琴声不再传来呜咽

春天来了，骑着你的骏马奔驰

远方的远方没有死亡

你写下的那些诗正在生根发芽

去吧，远方已春暖花开

阳光下，格桑花等着你的到来

娄山关前

——致毛泽东

怒号的西风由远而近

血染旌旗，漫卷猎猎杀声

你挺立险隘危崖

目送寒雁从天际消失

任马蹄声碎，号角呜咽

极目万里征途

残破的山河奔来眼底

你知道，往前的路

横亘着无数的娄山和赤水

静静吸下一口香烟

轻轻吐去

借秦娥的词笺

把扭转乾坤的壮烈

写进中华民族的历史

生命的另一种存在

——写给米兰·昆德拉

来不及了，想来拜访你的念头

被巴黎传来的噩耗击得粉碎

你魁梧的身躯

终于没有承受住生命之轻

听凭内心的呼唤

走向无须隐居的存在

那里没有国界

不会再有离乡背井的苦楚

在太阳和月亮之间自由踱步

所有的荣辱留给了世界

让活着的人们重新掂量你的名字——

米兰·昆德拉

东坡故里随感

（组诗）

在东坡石像前

东坡，你云游四海已久
回到你的故乡来吧
随意写点诗词或烹饪肘子
都是让人眼馋的绝艺
在苏氏老宅
慕名而来的人川流不息
我是其中的一个
很想亲耳听你吟诵
归去，也无风雨也无晴
你的石像沉默不语
但我还是有个请求
把你不再需要的蓑衣赠我
一旦遇到风雨
我就好披着它前行

冷清的唤鱼池

当年你和王弗唤过的那些鱼
绝不是我看到的这一群
它们饥饿地游来游去

不时探出头来望望过路的人们

岸上的小摊闲摆着鱼饵

不见有人过问

你们成为青铜雕塑

站在池边无奈地叹气

凉风拂来《江城子》

鱼儿想起了明月夜短松冈

苏 母

二十八岁的丈夫不再酗酒撒野

你终于看到苏家的希望

每一个夜晚点起油灯

亮起你成就丈夫和儿子的心愿

月光下，纺车随着月亮转动

织出丈夫和儿子的寒衣

日子就这么过着

你从没想到，三苏

成为大宋的骄傲

苏母

成为流芳后世的美名

辑四 · 静听花语

藏地雪莲

不知你是不是观音滴落的那粒眼泪

在岩头绽出一朵白色的雪莲

要是这样，度母就在近前

没什么可以畏惧的了

慈悲的法力足可为我护航

寻找格萨尔的途中

即便潜伏妖魔与猛兽

也能从容地走向英雄的草原

在仲肯*的传唱中

我走进一个个遥远的故事

它们都与那朵雪莲有关

在黄河的源头，极目四顾

一幅巨大的唐卡在蓝天下徐徐展开

画中，闪耀一朵吉祥的雪莲

---

*仲肯：格萨尔故事的说唱艺人。

二月

杜鹃

料峭的寒风中

你静静地开了

像咯出的一摊鲜血

不忍见你这般模样

想为你招魂

不要做那啼血的鹃鸟隐居西山

也不要还原你的帝位

蜀国已不需要你率众治水

重新做杜宇吧

一个潇洒的男人

去爱你想爱的女人

回故乡筑庐而居

或是带着她云游世界

只是千万别再悲吟

不如归去

虞美人

四面楚歌声中

你为霸王拔剑自刎

倒地淌下的一摊鲜血

开出红艳的罂粟

传说，成为虞美人的词牌

李煜用它作了绝命词

东流的一江春水

流不尽春花秋月

你不屑点缀骚人的梦境

依然开在垓下

娇美如初

只为你的霸王而开

在风中怒放不老的恋情

勿忘我

在被遗忘的角落　上帝为你命名

你一高兴　就开满了世界各地

被恋人捧在手里

留下一个长久的期待

五彩的梦开在执手的日子

每一朵小小的微笑

都扩散出相思的涟漪

花蕊酿出蜜月

不愿忘记每一个细节

花期有限

减退着恋人的记忆

浪漫的身世　容颜以及兴趣

渐渐成为枯萎的干花

闲置花瓶或者扔掉

勿忘我

有谁记得你的名字

九月，
杜鹃花开

开在九月，李白看不见你了

宣城三月的杜鹃让他积郁成疾

沧桑的岁月改变季节

问问杜宇，他会告诉你

别老记住悲伤的往事

啼血的传说早已成为缥缈的历史

即便秋风吹来，也不改春日的心情

枝叶发黄的日子需要明媚

于是，你不在乎阴晴圆缺

走出李白的记忆

在桂花暗香浮动的同时

你火辣辣地开

告诉人们，望帝的春心不老

不信，你听听秋风里的鹃啼

一如三月里响亮清脆

石榴花

争艳斗妍的季节已经过去

花儿们的喧嚣在炎热的风中委顿

绿叶掩映，你沥血绽放

炫目的鲜红点亮了夏色

一次次风雨袭来

花瓣留下带泪的伤痕

沉默枝头

不需要蜂蝶怜悯

阳光的日子，孕育晶莹的心情

让所有的期待排列有序

蒂落时节，裂开柔韧的外壳

粒粒水晶映着逝去的时光

让人细细品尝

生命的火红与清淡的甜味

昙花

来自异国的你，成为被罚的花神

命运注定你在孤独中生存

蜂飞蝶舞的花阵里没有你的踪迹

惋惜的诗行只是人们的自我安慰

情缘，留在传说的彼岸

开花的心情永不凋残

无人知道你在暗夜里修炼明媚

沐浴星光，涤净尘染的灵魂

繁华属于喧闹的世界

静美属于真实的你

万籁俱寂时，你恣意盛放

那惊艳的一瞬

成为美的永恒

夏荷

六月的阳光洒满你的心事

田田的翠叶之下

荷苞探出头来

往寂静的岸上望去

有人踏岸而来

远观的心境留下叹息

距离的美成为遗憾

你沉默不语

目送天空舒卷的流云

心情与佛祖无关

微笑与否

不随别人的手指

花期，从容开落

任南风带走无尘的幽香

记忆的莲蓬中

储存不凋的美丽

蓮

离宋代的湖岸远了

风已吹散了《爱莲说》的意境

你依然伫立清水中

拥有一个静虚的世界

月季

四季的温差捉摸不透

花儿们的寿命听任时令的决定

而你　月月如初

等闲寒流　烈日　霜风

随意绽开平静的微笑

不需要走进杜撰的神话

泄密自己的身世

与爱情复杂的含义无关

不会随情人节的来去涨落价格

不愿插进花瓶

在死水里消磨残生

相依竹篱或独守庭院

不吝芳华　扮俏岁月的容颜

花期终有大限

而你自豪　没有任何花

可以称为月季

雨后，海棠依旧

雨夜没有高烛伴你

一觉醒来，阳光照亮湿暗的心情

无须问卷帘人，那几许落红

并未瘦去你的美丽

花蕾玲珑枝头

晨风掠过，你让蜀姬失色

一枝一叶都是绝句

病中的陆游吟着怀念成都

竟然想走马与飞蝶相竞

我想问问

雨前雨后的你

为何还撂倒了那些三杯两盏不醉

以你自比的女诗人

夏夜茶蘼

哀花的诗句太多

没有凋谢你赏月的兴致

夏夜被月光过滤

天籁融进跫音

宁静，是一种幸福

想起流传久远的飞花令

你多少有些安慰

沁肺的芳香自带酒味

而你没有醉

醉了那些错过春天的人

所有花事不因你消失

落英纷飞以后

每个枝头都会长出新的果实

蓝花楹

辗转万里，从南美丛林走来

阳光浸透花影

投下斑驳的碎语

我知道那是你在旅途中的心情

流云掩饰不住漂泊的惊悸

一路跟随的鸥鸣在风浪中消逝

你撑起残损的孤帆

向着我的城市孑孓而行

唯有蓝花楹

成为遥途的航标

期待花冠成盖的树下

和你一起聆听蓝色的花语

舞兰三

舞兰　如果不告诉你

知不知道明天就是新年

其实　你向来没有时间观念

从遥远的美洲远渡重洋

四季于你没有区别

不禁锢花期

随着心情绽放

草长莺飞　乃至落木萧萧的时节

都有你翩飞如蝶的身影

喧嚣的世界　或近或远

你习惯于自己的旋律

就像今夜我遇见的你

我想祝福你　看来多余

自在的舞姿分明告诉我

属于你的时间没有新旧之分

江岸，
栀子花香

不知何时折叠的千纸鹤

今夜飞向江岸

月光下，雪影映着流水

沿岸的栀子无声展翅

扇动清香浸入子夜

扁舟驶出记忆

泊在无人的野渡

隐约的芦笛

随风而来又随风而去

栀子停歇的那片沙洲还在

只是我不在那里

你也不在那里

痴情的奇葩

东坡

你说这一辈子只想为苏轼守墓

他若能知道你的这个心愿

一定会拄着竹杖前来劝你

他早已去了天上宫阙，不知今昔是何年

活着的人去不了那里

你写的那么多恋词他无法看到

更想象不到你的痴情

还记得明月夜短松冈吗

你不适合待在这里

即便圆月当空的午夜

旷野里也只有一座异乡的空坟

真希望东坡回一趟人间

告诉你这个才女

七月既望的那个壬戌之秋

就为你写下了赤壁泛舟的心语

挟飞仙以遨游的美丽幻想

不过是一阵掠过梦境的悲风

奇葩，别开在墓地

那样比不上尘满面鬓如霜

年年肠断的时候

不会有人在梦中想你

好在苏轼留下的遗产太多

尽情挥霍他的诗文

或是享用他美食的厨艺

也许，你会成为苏轼的梦中情人

午夜，栀子花开

——想起一位女诗人

在我窗前，栀子花轻松地开了

开在暗香撩人的午夜

沐浴月华的雪颜为我留白

我想起许多关于栀子花、关于白的赞美

突然，看见另一朵栀子花

在近处摇摇晃晃地喊疼

它不屑于月光

黑影中自身发白

撕心裂肺的白

无人理解的白

但它确实白

和我窗前的栀子花一样的白

白得让我惊悸

白得让骚人们所有的赞美失色

辑五 · 季节的年轮

元旦前夕

午夜，也许多喝了两杯

浮动的暗香比往年浓烈

不用说蜡梅就在附近

打消了攀折的愿望

就在树下静静地伫立

看着月华下的花枝

有些失落

不知是不是陆游已经离去

仔细打量你

含苞抑或绽放

朵朵都是清冽的诗句

此时，真想再喝两杯

直到醉成你近旁的一株蜡梅

时间的天鹅

泊在昼夜的湖中

四季变换红黄蓝绿

唯有你羽毛的颜色不变

洁白，美至永恒

风雨烈日轮回枯荣

飞过空中的许多鸟鸣

再也没有回来

随着日月转动的方向

你游弋自在的生命

碧波泛起阳光和星辉

闪耀种种神话

于是，光怪陆离的世界

向往你不老的传奇

立秋，静夜思

——重读《诗经·唐风·蟋蟀》

窗外熟悉的叫声

让我想起一个遥远的午夜

那位享乐太多的公爵

正望着立秋的月镰反省

灼热的晚风一边催熟田野

一边灼烤他的心情

想起自己白吃了庶民的许多贡粮

汗涔涔的散发滑落月光

沙漏无声

漏去了不复的星辰

意外的是，窗外的蟋蟀善解人意

就凭它清脆的一夜长鸣

公爵良心发现

唐风里留下幡然醒悟的谶语

白露，
幸福着芦苇

从《诗经》的岸边长出以后

芦苇就成了情人草

一直茂盛，沿着岁月生长

无论彼岸或者此岸

途经的流水一直涌动着思念

红豆，玫瑰

比不上苍苍的屏障

溯洄的许多日子

美好成一轮圆月

秋收时节，挂满了白露

是的，那是晶莹的泪

但别理解为痛苦

思念或被思念都是一种幸福

中秋之夜

久违的月亮没有露面

暗香却随风飘来

而杯中的酒依然苦涩

我想醉去

无奈脑子里洒满一地清辉

一个熟悉的身影

驭白驹驰过

沿途洒下殷红的血滴

我知道他的背上有深深的箭伤

心抽搐起来

准备听那一声倒地的轰响

然而周围依然一片寂静

耳畔谁在责问

那残忍的弓弩手藏在何处

月有阴晴圆缺

并不重要

我只希望

黑暗里没有施放暗箭的杀手

月亮　　还是升起来吧

让恐怖的身影逃遁

今夜我只想醉去

醉在只有皓月伴我的梦里

白
玫瑰

寒流越过秦岭

你怀念起南方的温暖

其实，这里的寒冷

同样封锁了所有的窗门

让人意想不到的是

窗外，一朵白玫瑰正倔强地开

说它是硕大的雪花也行

和你那年雪中的留影极为相似

告诉我，袭人的冷香

是不是来自你此时的心情

冰花

被称为大雪的昨天

我不愿看到一场覆盖原野的白色

的确，天空没飘下一片雪

北风传来的只是封冻的感觉

冷，并没有关系

只要不把神经冻成冰凌就行

正如锦江两岸的垂柳进入冬季

依然系着醒目的青色

三月的记忆散发余温

望江楼的倒影里已没有远眺的你

沿着飞蓬飘去的遥途

大漠成为你的归宿

昨晚的梦里我看见了

你已飘成一朵薄薄的冰花

随风消失于一片大雪

大雪无痕

对于南方，壬寅年的大雪

是一个虚拟的期待

这天没有一粒雪花飘向大地

只有一阵冷风

从空中吹向干涸的荷塘

瘦削的莲叶把田田的形象收缩成伞

在折断的荷秆上追忆夏天

绝美过后

往事散落成灵动的几何

点线之间

流畅的韵律飘起无痕大雪

天地间展开广袤的宣纸

无穷碧叶和映日荷花

扑面而来

冬至以后

冬至　别说

寒冷的时节到了

其实好些日子以前

大雪就已降临

想起东坡的雪泥鸿爪

我想在雪地里寻找你的足印

但忘记了

你是从哪一条道路离开的

衬托白茫茫的只有

飘进落叶的枯枝

你说过不愿做一只候鸟

那此时　你在何处

抬头向一棵大树望去

悬空的鸟巢上站着一只白鹭

它和我望着同一个方向

我什么也没看见

它却振翅一飞

吟着半入江风半入云

消失了踪影

立春

今天立春，立出了难得一见的太阳

想出门晒晒冷清的心情

没有买到口罩，出不了院门

屋旁那株老梅惨不忍睹

多日斫枝后的主干斜着几根残枝

花不知什么时候开的

零零星星的花朵，闹不起春意

近前一看，洁净的红艳不减去年

恬静的微笑让我震颤

没有惶恐中了病毒的愁容

没有软件修过的美颜

这是一个草木皆兵的冬季啊

你竟柔韧依然

藏着滴血的心痛

挺过风霜雪雨的严寒

无言绽放了，春讯映红蓝天

望着利刃在你枝干上留下的累累伤痕

惊讶不已的我肃然起敬

惊蛰的心情

你宁静地绽放

淡漠惊蛰的躁动

孤独开出高傲的洁白

亮着爽朗阳光

心里的愿望只有归燕知道

衔泥筑巢，在枝头

把蛰伏一冬的梦想一粒粒

垒成温馨的家园

绿荫覆盖小巢的夏日

你留下重重花影

继续三月的明媚

不必盼望秋后的果实垂满枝头

任性地啼叫

把小巢啼成惬意的蜗居

等闲过往的风雨

在所有晴朗的日子展翅

直到小巢伴随生命

又一次轮回

五月偶感

刈麦的季节走到跟前

灌浆的麦穗还没有饱满

是不是二月的桃汛解冻太晚

迟到的春风不想褪去原野的绿色

日暑的时针无声转动

悄悄指向芒种

烈日灼烤着天空

片片白云被蒸发了

无边的蓝色覆盖着空阔的心田

守望五月的那棵大树

能否告诉我

什么时候能够开镰

让干瘪的粮仓

装满初冬种下的期待

辑六 · 等你，对饮明月

等你，

对饮明月

你的那把琴并未失传

林深处，松涛传来你的问候

喧嚣的都市太远

香车宝马来不了这里

白云生处

那座简易的茅庐亮着青灯

高山流水自门前飞泻

久违的琴声拂面

幽兰的芳香在黄卷中若隐若现

宁静的湖面琴已成舟

载我游向鹿鸣之渚

何时赴约而来

等你，对饮明月

清风拨动心弦

白鹭起舞

沙鸥低回

隔海

这一天

不知你是在天涯还是在海角

你浪迹的途中没有玫瑰

我知道这一天玫瑰只能开在自己心里

然后用泪水代替雨露

在阳光下折射微笑

但愿你的手机屏上绽开愉快的心情

听见海鸥掠过波涛的呼唤

我想潜海而来

晚霞在海面开满玫瑰的时候

游到你的独木舟前

你会感到惊喜

还是感到前世的陌生

遗憾的是我没有一条擅游的鱼尾

在斗室里静坐

坐成美人鱼的雕塑

阳光下的玻璃

隔着玻璃

红红绿绿的春光扑面而来

隐约有蜂蝶尾随

阳光穿透所有的花影和嗡营

玻璃多维成三棱镜

嘈杂的春光旋转起来

占据了蓝天白云

一声撒娇的猫叫

震裂了玻璃

眼前的春天顿时支离破碎

缝隙中，我想走进原野

寻找一片桃李无言的静地

玻璃的碎片锋利

不想受伤，在春天的边界

直射的阳光照在身上

一样温暖

5·20的
象征

这个淋着雨的抽象日子

被赋予了期待

一望无际的麦穗

正在灌浆

休闲的镰刀挂在墙上

迫不及待地闪耀出麦芒的光亮

还不到刈麦的时候

老槐树的浓荫下

饥饿的田鼠红着双眼

在阡陌寻觅酸涩的野莓

含羞草不再羞怯

舒展排列有序的枝叶

借来夏风，将相思吹远

只有麦田

静静地等待丰收

爱情的经典

线装书的爱情有太多版本
形象的注释成为男人向往的经典
呼天号地的上邪惊天动地
坚贞的情操竖起女子的标本
传诵千古的望夫石
同样符合男人的心情
即便丈夫成为永不归家的人
也要把自己站成冰冷僵硬的岩石
遗憾的是查不到望妻石的注释
秦香莲是另外一个版本
主持正义的包公替她讨回了男人
梁祝的故事很浪漫，死后的爱情
变成了坟墓里飞出的蝴蝶
翻着翻着，手指有灼伤的疼痛
还是不看为好
以免影响我以后梳妆的心情

诗里的爱情与AA制

诗里的爱情还是那么美

白天黑夜，天涯海角

诗蔓长出的苦瓜都溢出甜蜜

执手或者分手

想倾诉的话都在咽喉凝噎

象征暗示或直白抒情

有情人都会在梦里辗转反侧

所有的意象都富含激素

把彼岸花燃放得五彩缤纷

缥缈的意境里没有人间烟火

浪漫的空气遨游着飞仙

有些遗憾的是

诗外的爱情流行着AA制

账号房车甚至锅碗瓢盆

写上了不同的姓氏

月亮还是那轮熟悉的月亮

在天空悬成一块冰冷的石头

分不分手，那些美丽的诗句

都在长夜里同床异梦

这样的别离

那晚，月影照着湖面
耳边逝去波浪的话语
薄雾弥漫
平添几许凄清

浅笑和呼吸是生命的余烬
最后一丝温馨吸进肺里
眼里一切都变得陌生
只有梦境切掉的半轮月
静静地在湖面游弋

湖畔的烟雾遮住你的背影
旧巢的归燕藏起剪刀
不再去裁春天
夜半钟声
在身后悠远而苍凉地响起

下午茶

琴键溅起滚烫的泪珠

落进杯里成了玫瑰

下午茶，芳馨沁脾的时刻

起身来到你离去的江岸

那一刻

我的徘徊你听到了吗

擦肩而过的距离

把我的倒影缩短成一撇浓墨

天空只有雨在淅沥

我奔跑的身影扯不断雨丝

风中凌乱的长发

飘舞着《卡萨布兰卡》

周末漫游

方向盘在一环路上没有方向

漫无目的，散步

窗外的雨在玻璃上涂鸦

不时变幻着意象

你的烟圈扩散成涟漪

云遮雾绕

乘舟的感觉在江面漂荡

看不见世态百相

翅膀掠过的江湖

我们随波逐流

如果我们都是天使

也许你有些浪漫

却不知道我很实诚

别叫我天使

更不用对我讲古代有个女子说

天地合，乃敢与君绝

明白人一听就知道

那是借女人之口的男权话语

翻遍发黄的中国诗词

谁能找到一个男人在呼"上邪"

与时俱进的男人早就有了新名词

Angel的昵称随时出现在约会里

小鸟依人

只是男人带翅膀的恋情

成了小鸟的女人只能栖息在云端里

就叫我魔女

我没有翅膀却想带着男人飞到天上去

我想把男人也称作天使

你愿意吗

愿意就做我的恋人

如果我们都是天使

我们就可以比翼双飞

空巢，还在枝头

荒原那棵树昼夜高举空巢

流云，不解风情地问

翅膀飞去了哪里

记得有位诗人在茂密的浓荫下

痴情地赞美鸟与树

后来他就站成了一棵树

无论鸟飞到哪里

满枝的叶片都是注目它的眼睛

巢，还是从前那样完整

只是枯树落光了叶子

什么也看不见

空中随时坠落的啼声

一次次砸痛了残枝

来自神山的石头

放进掌心

响起檀板击打之声

回音自冈底斯山传来

石头　请告诉我

是你的意志还是度母的心愿

让你远离摩天的雪顶

辗转亿年与我结缘

捧起你　注目

一座冰桥横空屹立

开满雪莲的苍穹

是否就是天堂

与你相关的神话都不重要

你在我身边足矣

在你圣洁的瞳孔中

有一个我终身修行的净地

辑七 · 流浪的诗，都唱在归途

流浪的诗，都唱在归途

你去了远方的诗里

模糊的身影像片浮云

你说高原雪域是最后的净土

那里的蓝天清澈透明

寻找天堂的路上

你自豪地站立神山之上

但那里缺氧

不产填肚的青稞和大米

风中飘向你的牧歌

来自霓虹闪烁的城市

就像我厌倦的现代神话

来自各种罂粟疯长的版本

还是早点回来

就像三毛离开沙漠

撒哈拉只是生命的短暂里程

流浪的诗，都唱在归途

雨中

撑开伞，和雨保持距离

伞下移动的空间

隔开城市横溢的噪音

远远近近

游走着往日的故事

喜怒哀乐的情节都隔在伞外

往前的路上

头顶的伞渐行渐远

不经意地回头

原地的雨冲刷了脚印

唯有伞下的时光

实实在在地晴朗起来

心役

富贵非吾愿，帝乡不可期。

——陶渊明《归去来兮辞》

看不见心的牢笼设在何处

桎梏的翅膀无法飞翔

灵魂逃向远方

皮囊躺在结冰的床上

月亮蒙上红尘

窗前的霓虹躁动了午夜

不知何处可以抚琴

采菊成为奢望

心，一旦成为形役

自己便成为囚徒

高楼林立的闹市离南山太远

但愿灵魂能流放那里

冻僵的梦

梦在冰河下混入鱼群

无力地游着

昏暗的四周布满礁石

一具具鱼骨长成红色的珊瑚

自由，在春天的岸上

解冻的日子遥遥无期

向谁祈祷

河伯早已冻成了僵尸

有谁能为我凿穿一个冰洞

哪怕是一个狠心的渔人

在被放上砧板宰割以前

呼吸一段自由的空气

只是一小口

也是生命鲜活的象征

寂静的世界

我听不见自己心跳的声音

白夜
或者黑夜

失眠太久，分不清黑夜与白夜

欢乐与悲伤褪去彩色

回放的往事都是黑白的胶片

黑白之间，一大片灰色

从你眼眸中浸出迷茫的忧伤

嘴角偶尔闪过微笑

来自深藏记忆的爱河

几朵浪花来不及滋润干涸的心田

瞬间成为黑白的烟雾

黑夜更黑，白夜更白

酒杯里看不见月亮

咽下的陈酿燃烧肺腑

看着挂在墙上的那位女诗人

此时的黑夜，有一束

刺痛所有女人的白光

远方没有疆界

天高云淡的季节，习惯忘记时间

所有的场域被阳光辐射

自然，枯燥的文字和我一同感受温暖

东篱的菊香由远而近

南山不只是生长宁静

诗和桑麻一样生机勃勃

这里不通高铁

步行前往的人迷路而归

我是其中之一

趁秋阳高照的日子

有我与无我的回忆中辨认时间

那匹离开庄子的白驹

一转眼掠过原野

在它留下的蹄印里定义自我

人生苦短

而远方没有疆界

领地，或废墟

盘踞书墙的城堡

不闻红尘翻卷的噪音

在无人侵略的领地

做一个没有臣民的王

无须六龙驾车

随地球自转

每日看遍宇宙风景

斗转星移连同世态百相

尽收眼底

然后，你视而不见

继续营建你的桃源

静坐水岸，一如寒江钓雪

所有的记忆成鱼

在冰层下四散逃去

留给你的，只是

武陵人留下的废墟

固守，抑或放弃

你说日月轮回

不变的是自由的天性

沙漏

你来自大漠

不，准确地说

你来自大海

巍峨辽阔的海岸

沉没海洋

当海洋又成为大漠

每一粒沙都浓缩了时间

久远的年代

装进沙漏

时时刻刻滴着

日月旋转的声音

崇高与渺小

在同一时间展现

不同的世界

二仙桥，

无青可踏

太阳照亮的三月，想去踏青

期待遇上寒山与拾得*

与他们结伴而行

来回从二仙桥经过了多次

不见袈裟飘逸的踪影

当年他们来到这里的田野

遍地盛开菜花

僧侣的脚印

长出过月老的传说

眼前，林立的群楼高耸入云

水泥已覆盖神话的脚印

宽阔的大道车水马龙

无青可踏

登上四十层的楼顶眺望春天

看到的依然是楼顶

---

*寒山与拾得：唐代天台山国清寺隐僧。雍正年间，朝廷册封
寒山为和圣，拾得为合圣，"和合二仙"由此名扬天下。

藏羚羊

你高昂着头凝视前方

前方，是客厅的另一面墙

墙与墙的空间里

你为主人装饰亲近自然的姿态

而你永远失去了故乡

草原、蓝天、白云

成了滴血的记忆

无法逃跑了

利刃下你失去血肉之躯

留下的头骨被人镶嵌珠宝

以艺术的名义

牢牢钉在豪宅的壁上

锋利的头角再也不能自卫

你双眼留下的空洞

无法看穿人类审美的情趣

云深
深处
不知处

你走出老去的传说

又走进新的神话

与你相关的故事都成为视听

好奇了过往的人们

其实，你只是一个跨世的诗人

不知你属于什么时代

与陶潜饮酒以后

并不想久留世外桃源

带着东篱采摘的菊花

走进车水马龙的闹市隐居

与太白过往多年

你并不想陪他访道寻仙

在他骑鲸奔赴大海的江岸

你一遍遍晾晒捞月打湿的诗句

在天涯海角相遇东坡

穿林的雨声成为知音

他留给你的那件蓑衣

温暖了沧桑的岁月

你将竹杖拄成生花梦笔

在红尘滚滚或云深不知处

都能安宁地栖居

想成为你的书童伫立案左

静候你笔底扬波，载舟出行

高山流水下

听旷世的琴声破雾而来

但愿我能识谱

读懂绝弦千年的故事